한글의 숲

短歌集

ハングルの森 韓国語訳版

加藤 隆枝 著
崔 壯源 訳

HAKUEISHA

著者序文

今から20年ほど前、初めてハングルに出合った私はそのおもしろさに魅せられ、夢中になりました。日本語とよく似た構造の韓国語は、全く知らない外国語というよりは日本語と地続きのような気がして、日本語の語彙を増やすような気持ちで韓国語の辞書を繰りました。そうして出合った言葉の一つ一つに類似点や相違点を見つけては感動し、その感動や驚きを短歌にしました。短歌とは、千数百年も前から続く日本の伝統的な定型詩の一つで、5音・7音・5音・7音・7音の定型で成り立つ31音の詩型です。

今回、崔壯源先生に、ハングルにちなんだ短歌をまとめた私の歌集『ハングルの森』を翻訳していただくことができ、韓国の方々や韓国語を学ぶ方々にも読んでいただけるのは望外の喜びです。短歌を韓国語に翻訳することについては、1首の意味内容は伝えられても、短歌の大きな魅力の一つである韻律（リズム）を伝えるのは難しいだろうと、思っておりました。ところが、崔壯源先生によって翻訳された作品からは、短歌のもつリズムまでが感じられるようで、私はとても驚きました。これも崔壯源先生が、短歌の定型を意識しながら翻訳してくださったお陰と思います。

崔壯源先生、ほんとうにありがとうございました。

この本を読まれる方々が、日本の伝統詩である「短歌」にも興味・関心をもってくだされば うれしいです。

２０２４年１月15日

加藤隆枝

ハングルの森・目次
한글의 숲・목차

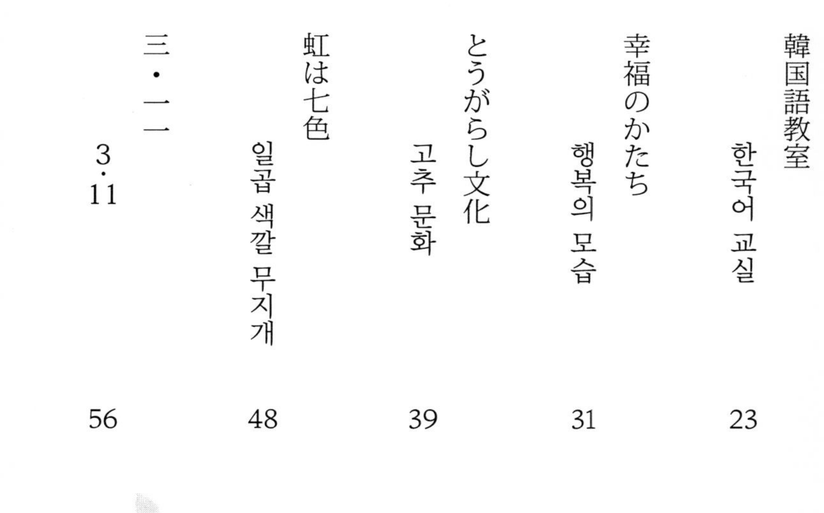

応用編 응용 편

ハングルの森

한글의 숲

巻頭歌

권두가

大空を하늘（ハヌル）といえる異国語を知りたるのちの空のはるけさ

「드넓은 소라（大空）」 하늘이라고 하는 이국나라 말 알고 난 후부터는 왠지 먼 느낌의 하늘

基礎編 기초편

ハングルの森

한글의 숲

ハングルを学びはじめしこの夏はつばめにも제비(チェビ)と呼びかけている

한국말들을 배우기 시작한 후 이번 여름은 일본 제비에게도 한국어로 말 건다

ほんの少し鳥語に近きここちして朝な夕なの雛にアンニョン……

아직까지는 새들의 울음소리 같은 한국어 아침과 저녁에는 병아리에게 「안녕」

大空にハングル記すごとしとも折れ曲がり光りつつ飛ぶつばめ

큰 하늘 안에 한글을 써 내리는 듯 이리저리 반짝이며 춤추는 하늘 위의 제비들

紙のうら白きを見つけ書きつけるハングル文字はどこか楽しげ

종이 뒷장이 하얀 것을 찾아서 끄적거리면 한국어 글자들은 왜인지 재미있다

しばらくは記号に見えしハングルもだんだんに意味もちはじめたり

얼마 동안은 기호로만 보이던 한글 문자도 점점 의미를 알기 시작하게 되었다

とおり雨すぎたる空にあらわれて お月様（タルニム） お星様（ピョルニム） ささめく夜ふけ

지나가는 비 지난 후의 하늘에 모습 보이는 달님 별님 모두가 속삭이는 어둠 속

テキストのハングル文字がいっせいにラインダンスをする 目をこする

교과서 안의 한국어 글자들이 모두 일어나 라인댄스를 추니 눈을 비벼대는 나

ハングルで 目目(ヌンヌン) 鼻(コ) 口(イプ) 描きしるし へのへのもへじと並べてあそぶ

한국말들로 눈과 코 입이라고 적어놓고서 헤노헤노모헤지 늘어놓고 노는 나

目(ヌン)の水(ムル)が涙(ヌンムル)となり目(ヌン)の道(キル)が視線(ヌンキル)となる言葉たのしも

눈에서의 물 눈물이라고 하고 눈에서의 길 눈길이라고 하는 한국어의 즐거움

砂糖のこと雪糖(ソルタン)という韓国の黒砂糖気になり辞書を繰る

사탕 (砂糖) 을 쓰고 설탕 (雪糖) 이라고 하는 한국말에서 흑설탕 신경 쓰여 사전을 뒤적인다

韓日の辞書を繰るとき口ずさむ呪文のようなカナダラマバサ

한일 서로의 사전을 찾아볼 때 읊조려보던 주문 외는 것 같은 가나다라마바사

蜂蜜を벌꿀（ボルクル）という韓国語 蜜蜂のことは꿀벌（クルボル）という

벌들의 꿀을 벌꿀이라고 하는 한국어 표현 꿀 찾는 벌 일컬어 꿀벌이라고 하네

記号にしか見えないという友よ そうか われには立木に見えるハングル

기호로밖에 보이지 않는다는 친구들의 말 내 눈엔 선 나무(立木)로 보이는 한글 문자

ハングルの森に踏み入り아야어여(アヤオヨ)と文字の木立を手探りにゆく

한글 말 숲속 그 속에 들어가서 아야어여로 서 있는 나무 같은 문자들을 찾는다

건물(コンムル)と書けば骨組みあらわなる建物(コンムル)見ゆる気のするハングル

건물이라고 쓰면 뼈대와 골격 만들어지는 건물을 보는 듯한 느낌 드는 한글 말

満開の湖岸の桜に吹く風はアンニョンヒカセヨと花びら散らす

활짝 피어난 호숫가의 벚꽃에 부는 바람은 안녕히들 가세요 하며 꽃잎 뿌린다

韓国語教室

한국어 교실

指さしてものの名をとう幼子に心かさねて異国語を問う

손 가리키며 물건의 이름 묻는 어린애에게 자기 마음을 맞춰 이국어 물어본다

靴は구두(クドゥ) 鞄は가방(カバン) 隣国と言葉似かようこころおどりよ

「구쓰」는 구두 「가방」은 그대로 가방 옆나라 한국과 말들이 비슷해서 춤을 추는 내 마음

お嬢さん(アガシ)と呼ばるる齢すぎしより始めし語学すこし口惜し

아가씨라고 불릴만한 내 나이 지나고부터 시작한 어학 공부 약간 어눌한 말투

「勉強」を「工夫（コンブ）」と書ける韓国語しみじみ思い学ばんとする

공부한다를 궁리한다는 공부(工夫) 로 쓰는 한국어 곰곰이 생각하며 익히려고 하는 나

「僕」「私」一人称は数あれど秋田弁に「わ」韓国語に「나（ナ）」

「보쿠」「와타시」 일본어 일인칭은 몇 개 있지만 아키타 방언 「와(わ)」를 한국어로 하면 「나」

音も声も소리(ソリ)で表す韓国語 雨音(ピッソリ) 風音(パラムソリ) 鳥の鳴き声(セガウヌンソリ)

소리(音) 목소리(声) 모두 소리라 하는 한국어 표현 빗소리 바람 소리 새 울어대는 소리

間仕切りに仕切られている居酒屋の天井とびかう人の声(モクソリ)があり

칸막이들로 칸칸이 나누어진 선술집들의 천정에 부유하는 사람들의 목소리

ンムンムと朝の空気をこもらせて鼻音化リスト読み上げてみる

콧소리 내며 신선한 아침 공기 가득 머금고 한국어 비음화 표 소리 내 읽어본다

鼻声（コッソリ）がセクシーと言われ少し気をよくしたる今日の韓国語教室（ハングゴキョシル）

내 콧소리가 섹시하다고 하여 자못 즐거워 성공적으로 끝낸 오늘 한국어 교실

両方を得ようとしたる解答に欲張り（ヨクシムジェンイ）と笑われており

양쪽 모두를 얻어보려고 하는 정답 욕심에 욕심쟁이라고들 놀림당해 버린 나

松（ソナム） 竹（テナム） 梅（メファナム） などと口ずさみ何かめでたい気分にひたる

송죽매 삼우(三友) 흥얼흥얼거리니 왠지 모르게 축하를 받는 기분에 잠긴다

「クマは곰(コム)」「キリンは기린(キリン)」と言いながらレヨン先生とめぐる動物園(トンムルウォン)

「곰은 구마」로 「기린은 기린」으로 설명하면서 래영 선생님하고 같이 도는 동물원

乗客が座ってから動く日本のバスはやさしいというレヨン先生

승객 모두가 자리에 앉고 나서 출발하는 버스 보고 친절하다고 하는 래영 선생님

再会を約束したるレヨン先生「承知しました」とドラマを真似て

다시 만날 걸 약속하자고 하는 래영 선생님 하명 받들겠습니다 드라마 흉내 낸다

幸福のかたち

행복의 모습

カーテンの開け閉めごとにカクタスの冬をいろどる花へアンニョン……

늘어진 커튼 열고 닫을 때마다 선인장들도 겨울맞이하려는 꽃들에 안녕 인사

秋は가을(カウル)冬は겨울(キョウル)と少しずつ厚み増しゆくわれの身めぐり

아키는 가을 후유는 추운 겨울 조금 조금씩 두터워져만 가는 우리의 옷 모양새

「바퀴벌레(パクィボルレ)！」と叫んでみるのも悪くなしゴキブリ(パクィボルレ)に遭う日たのしみとなる

바퀴벌레다 소리쳐 보는 것도 나쁘지 않네 바퀴벌레 보일 날 왠지 기다려지네

ゆっくりを意味する천천히(チョンチョニ)最近は「チョンチョニ、チョンチョニ」とつぶやくことあり

슬로우리를 의미하는 천천히 요즘 와서는 천천히 천천히로 중얼거리고 있네

㊙なる書類とじたるファイルには비밀문서(ピミルムンソ)と記して愉し

원에 ㊙쓰인 서류를 묶어 놓은 파일 표지에 한글 비밀문서로 써 놓고서 즐기네

言い方が母(オモニ)と袋(チュモニ)は似ておれば「お袋」ということば気になる

한국어 단어 어머니와 주머니 닮아 있어서 오후쿠로(어머니)란 단어 신경이 써지는군

「アラッソ」が「分かった」であると分かりたる母はこの頃「アラッソ、アラッソ」と

「알았어」 발음 일본어로 알았어 알게 된 노모 요즘에 들어와서는 「알았어」 연발하셔

日に三個夫に持たすと幸福（ヘンボク）のかたち思いてにぎるおにぎり

매일 세 개를 남편에게 들려줘 행복이라는 모습을 생각하며 만드는 삼각김밥

夫からの電話であること確かめてのち「もしもし（ヨボセヨ）」と答えていたり

남편에게 온 전화일 것이라고 확인한 후에 여보세요 하면서 대답을 해 보는 나

よく似たる夫婦(プブ)であるかもこのごろは夫の主張に「私も(ナド)」「私も(ナド)」という

너무나 닮은 부부일지도 몰라 요즘 들어선 남편의 주장에도 「나도」「나도」 한국어

妻よりも母が優先されており良妻賢母は賢母良妻(ヒョンモヤンチョ)と

집사람보다 어머니가 우선시 되어져 와서 일본어 양처현모 한국어 현모양처

「イエス」とか「はい」と言うより言いやすく同意するとき「네(ネー)」が口つく

「예스」라든가「하이」라는 말보다 말하기 쉬워 동의하려고 할 때「네」가 입에 붙는다

寝る前に呪文のごとく 眠る(チャムルチャダ) 夢を見る(クムルクダ) とや唱えて寝入る

잠들기 전에 주문을 읊조리며 잠자리 들어 행복한 꿈꾸기를 빌면서 잠이 든다

春(ポム)春(ポム)とはずむ心にゆく道の右にたんぽぽ(ミンドゥルレ)左にすみれ(チェビコッ)

봄이다 봄 봄 설레오는 마음에 가는 길마다 오른쪽엔 민들레 왼쪽에는 제비꽃

春というひびきかくるるお婆さん(ハルモニ)といつかだれかに呼ばるるもよし

봄이라 하는 설레오는 울림에 할머니라고 언젠가 누군가에 불리어도 좋을 듯

とうがらし文化

고추 문화

아이고(アイゴ)とは喜怒哀楽の感嘆詞 蛇に呑まれしツバメへ아이고(アイゴ)……

아이고라고 희로애락 말하는 감탄사 표현 뱀에게 먹혀버린 제비에게 아이고

赤とんぼを唐辛子（コチュ）蜻蛉（チャムジャリ）という国のとうがらし文化を思えば愉（たの）し

빨간 잠자리 고추잠자리라고 하는 한국의 고추 음식 문화를 생각하면 즐거워

韓国語・日本語・英語の入り交じる朴（パク）氏のトークに笑いが起こる

한국어하고 일본어와 영어를 섞어 말하는 박 씨와의 대화에 웃음 끊이지 않네

「さあ（チャ）、拍手（パクス）！」で盛りあがる歌と笑いに言葉はいらず国境もなし

「다 함께 박수」 달아오르는 노래 웃음소리들 언어도 필요 없고 국경도 필요 없네

朴（パク）さんの歌う日本語歌謡曲よく知る歌詞も異国語めきぬ

한국인 박 씨 일본어로 부르는 가요곡마다 알고 있던 가사도 이국어처럼 들려

「漢字なら春姫です」と自己紹介(チャギソゲ)をしたる춘희さん(チュニシ)と並ぶバスツアー

「한자로 하면 봄의 공주예요」로 자기소개를 하였던 春姫 씨와 같이 한 버스 투어

堀のうえ指して「蓮花(ヨンコッ)！」とや見入りたる人の横顔美(は)しと見入りぬ

연못 물 위를 가리켜 「연꽃」 보며 자태에 빠진 그 사람의 옆 모습 그저 아름다울 뿐

鯛にしては小(ち)さき「たい焼き」隣国では鮒(プンオ)パンとや呼ばれていたり

도미라기엔 좀 작은 「도미야키」 옆 나라에선 왠지 붕어빵이라 불리고 있었구나

伝燈寺(チョンドンサ)登り口にて求めたる焼き栗(クンバム)の旨さ時に思い出す

강화 전등사 올라가는 길에서 입맛 당기는 군밤의 고소한(달콤한) 맛 가끔 그리워지네

「煮る」よりも「沸かす」といって作るらし韓国鍋ラーメン（ネムビラミョン）というは

「졸이다」 보다 「끓이다」 라고 하며 만들어 먹는 한국식의 찌개들 라면도 끓이는 듯

ラーメンを鍋から食べる場面さえ韓国ドラマに親しさは増す

한낱 라면을 냄비째 놓고 먹는 장면조차도 한국 드라마에선 친근감이 생기네

砂糖(サタン)とはあめ玉のこと砂糖なら雪糖(ソルタン)という 甘い話(タルコマンイヤギ)

일본말 설탕(砂糖) 한국말로는 사탕(飴玉) 일본말 사탕(砂糖) 한국어로는 설(雪) 탕이란

달콤한 얘기

無いことを意味する민(ミン)が付きしゆえ殻無(ミン)し蝸牛(タルペンイ)はナメクジのこと

없다는 것을 의미하는 민 자가 붙음으로써 집 없는 달팽이를 민달팽이라 하네

五〇〇年の歴史をたどる隣国の王朝史読む休日の午後

오백여 년의 역사를 찾아보려 이웃 나라의 왕조 역사를 읽는 느긋한 휴일 오후

平等に愛しきものにあらぬらし王におおくの妻と子あれば

모두 평등히 사랑을 주기에는 힘든가보다 임금님마다 많은 처와 자식 있으면

短命は過労死ゆえにも一理あり王の権力おもたきゆえに

단명하는 건 과로사라는 것도 일리가 있어 왕이 갖는 권력도 무겁기 때문이니

虹は七色

일곱 색깔 무지개

春の雪つづく数日 隣国に花冷え(コッセムチュイ)のニュース流るる

봄날의 눈발 계속되는 요즘에 이웃 나라의 꽃샘추위 소식의 뉴스가 들려온다

傘さして打たれていたい春の雨ピガピガオダと口ずさみつつ

우산 펴 들고 맞고만 있고 싶은 어느 날 봄비 비가 비가 온다고 중얼중얼대는 나

隣国も虹は七色 赤(パル)・橙(チュ)・黄(ノ)・緑(チョ)・青(パ)・藍(ナム)・紫(ポ)とや言いて覚える

이웃 나라도 무지개는 일곱 색 빨 주 노 초 파 남 보라는 운율에 맞춰 외우고 있네

夏至の日の夕暮れバスを待ちながらつぶやいており「風がここちよい（パラミシウォナダ）」

하짓날에는 저녁 무렵 버스를 기다리면서 혼잣말 속삭이며 「바람이 기분 좋네」

庭に立つひまわりに向き「해바라기（ヘバラギ）」と呼びかけおればたくましく咲く

앞마당에 핀 해바라기를 향해 「해바라기」야 소리 내 불러주니 튼튼히 자라나네

鈴生りのミニトマトあり隣国に鈴(パンウル)トマトというを諾う

방울 방울의 미니 토마토 이름보고 이웃 나라가 방울 토마토라고 부르는 것에 찬성

網戸のこと防虫網(パンチュンマン)と知りし日の夜風すずしく家ぬちに入りぬ

창문에 친 망 방충망이라는 걸 알게 된 날의 밤바람이 시원해 집에 안 들어간다

喇叭花(ナパルコッ)と呼ばれていたるアサガオがファンファーレ奏でる秋の軒下

나팔꽃이라 이름 불리고 있는 아침 얼굴 꽃 팡파르 연주하는 어느 가을 처마 밑

「今日から九月(オヌルブトクウォル)」と声に出してみる朝の厨にすずしさはたつ

오늘부터가 9월이라고 해서 소리 내 보니 아침 녘의 주방에 선선함 느껴지네

霧雨は露雨（イスルビ）ということなどを話題にしたる雨の降る日（ピガオヌンナル）

안개 같은 비 이슬비라고 하는 것 등에 대해 화제 위로 올리는 비가 내리는 날들

霧雨（イスルビ）をまとうくもの巣あちこち（コミチュルヨギチョギ）に傘さしてゆく朝の散策（サンチェク）

이슬방울 비 맺혀 있는 거미줄 여기저기에 우산 쓰고 나가는 이른 아침 산책길

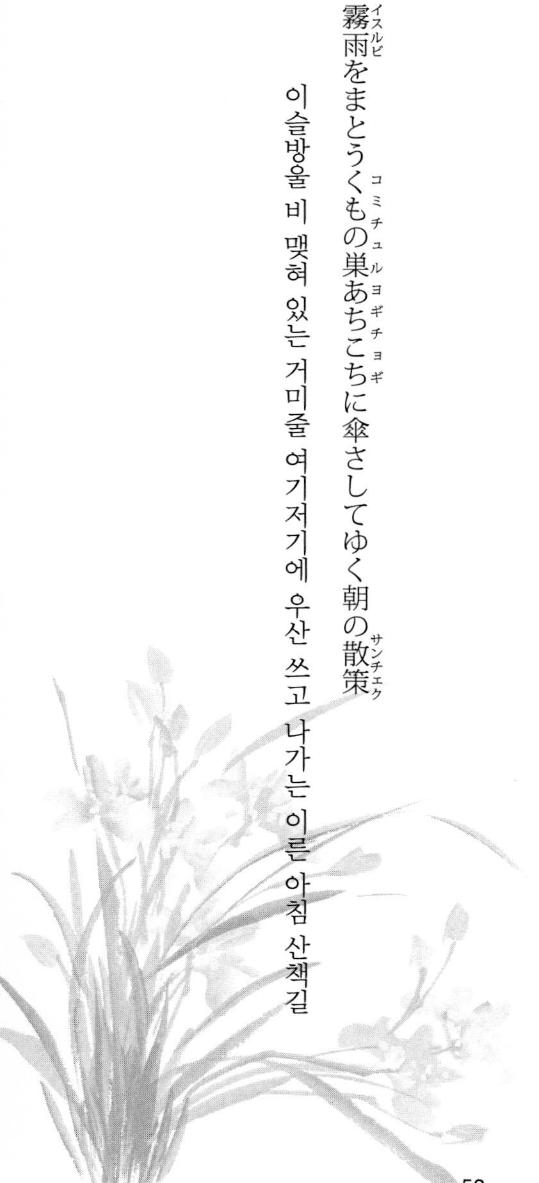

雪(ヌン)の人(サラム)と呼ぶ国もある雪だるま取り残されてグランドに立つ

눈사람으로 부르는 곳도 있는 하얀 눈사람 외롭게 덩그러니 운동장에 서 있네

自動ドア前で一瞬たじろぎぬ 外は吹雪(ヌンボラ)いちめん銀世界(ウンセゲ)

자동 도어 문 앞에 서서 한순간 주춤거린다 문밖은 눈보라로 온 세상이 은세계

人知れず真夜中に降る雪のこと泥棒雪(トドゥンヌン)とや明日はそうかも

모르는 사이 한밤중에 내리는 눈을 일컬어 도둑눈일 줄이야 내일이 그럴지도

泥棒雪(トドゥンヌン)向かいの屋根に積もりしへ朝日さすとき世界は歌う

하얀 도둑눈 건너편 지붕 위로 소복이 쌓여 아침 햇살 비치면 온 세상 노래하네

三・一一

3・11

言葉への信頼もまた崩れさりガレキの山を吹きぬける風

들리는 말의 신뢰감도 또다시 무너져 가고 쓰나미 잔해 사이 지나가는 바람만

日本語を失いており震災の惨状にただただ「ヒムネセヨ！」と

일본말로도 무슨 말을 건넬지 지진, 쓰나미 참상에 그저 그저 「힘내세요」라고만

わたし（ネ）、つらい（ヒムドゥルダ）はみんな（タドゥル）、がんばれ（ヒムネ）の逆さ言葉 震災以降の歳月重ね

내 힘들다는 모두가 힘내라는 반어적 표현 지진 쓰나미 후의 세월이 쌓여가네

応用編

응용 편

Koreaの風

한국의 바람

大陸の一部なしたるKoreaの大地踏むとき 心も広い（マウム ド ノルタ）

큰 대륙 땅의 한 부분 차지하는 대한민국의 대지를 밟았을 때 마음도 넓어진다

海ひとつはさみていたる国なれば鰰のことトルムクと言う

바다 하나를 사이에 두고 있는 나라에서는 아키타 하타하타 도루묵이라 하네

銀魚と一度は呼ばれし鰰がもとのムクへともどりトルムク

은어라 하며 한때는 불리웠던 하타하타가 원래 이름 묵으로 돌아가니 도루묵

ひらがなを習いはじめし子のように看板の文字ハングルを読む

히라가나를 배우기 시작하는 아이들처럼 간판에 있는 글자 한글로 읽어본다

日本語もとびかう市場(シジャン)の人ごみをガイドに従(つ)きて足ばやにゆく

일본말들도 오고가는 시장의 사람들 속에 가이드를 따라서 발빨리 움직인다

아(ア)という一音 名前に添えられて親しさ増していたる呼びかけ

아! 라고 하는 이름 뒤에 한 글자 붙여 부르면 친근감을 느끼며 부르게 되는 이름들

市場(シジャン)へと向かう通りで大声に「エギョンア」と呼ばれていたる愛卿(エギョン)さん

시장 쪽으로 향하는 골목에서 큰 목소리로 「애경아」라 불리는 한국 사람 애경 씨

匙(スッカラク)と箸(チョッカラク)をもて取る食事ときに手の指(ソンカラク)も用いていたり

한국 숟가락 젓가락을 가지고 식사를 할 때 손가락들까지도 쓰기도 하는구나

天灯鬼・竜灯鬼など思いつつ도깨비(トケビ)というもの気になっており

천등귀하고 용등귀라는 것을 떠올리면서 도깨비라는 것에 신경이 쓰여지네

骨董屋の奥にありたる古簞笥ひらけばトケビ飛び出しそうに

골동품 가게 한구석에 놓여진 옛날 반닫이 열리면 도깨비가 튀어나올 것 같아

バカよりもやさしきひびきに바보(パボ)はあり「ばかみたい(パボカッタ)」とやおどけて笑う

바카보다도 부드러운 울림인 바보가 있어 「바보 같아」 라는 말 깔깔깔 웃음 나네

乾きたる冬のさむさがここちよくＫｏｒｅａの風をたっぷりと吸う

하늘도 맑은 한 겨울의 추위가 기분 좋아서 Ｋｏｒｅａ의 바람을 한껏(흠뻑) 들이마신다

市場(シジャン)にて求めてきたるゆず茶(ユジャチャ)あり 飲みつつこころ温めており

시장터에서 찾으려고 하였던 유자차 있어 마시고 있는 기분 점점 따뜻해져 와

雪はヌンぬんぬん積もるひねもすの雪見て過ごす冬のいちにち

雪로 쓰고 눈 소복소복 쌓이며 종일 내리는 눈을 보며 보내는 어느 겨울날 하루

風雨(ピバラム)と風雪(ヌンバラム)をくりかえす二月なかなか春には遠い

비바람하고 몰아치는 눈바람 되풀이 되는 2월달은 좀처럼 봄이 아직도 머네

韓日混沌（ハンイルホンドン）

한일 혼돈

ソナギふる韓国の夏 無窮花（ムグンファ）と呼ばるるムクゲ咲き出したるや

소나기 오는 한국의 여름날에 무궁화라고 불리는 무쿠게 꽃 피기 시작한다

長いこと意識に上ることもなく生きてきたるよ 隣国はるか

긴 세월 동안 단 한 번도 의식을 해 본 적 없이 살아오기만 했던 많이 다른 옆 나라

知らざるということにまず驚きてドラマとおして見入る隣国

전혀 몰랐다 라는 것으로 먼저 느낀 놀라움 드라마를 보면서 빠져드는 옆 나라

「一（ハナ）、二（ドゥル）、三（セッ）、キムチ～」で撮る写真 隣国文化に触れてたのしき

하나, 둘, 셋 입 모아 김치하며 찍는 사진들 이웃 나라 문화를 접하면서 즐기네

〈親日〉が侮蔑でありし過去ありて過去とばかりもいえぬ今日（こんにち）

〈親日〉이라면 업신여겨 얕보던 과거의 한때 지난 일이라고만 말하기 힘든 요즘

きれい好きな日本人は日本史も水に流してすすぎこしかも

깨끗한 것을 좋아하는 일본인 일본 역사도 물에 흘려보내며 헹궈버렸는지도

戦後なる夏かさねつつふと兆す戦前なるかもしれぬこの夏

전쟁 끝난 후 여름이 거듭되며 훅 느껴지는 전쟁 전, 이랬을지 모르는 이번 여름

無知は罪 韓国併合の一行が与えし〈恨(ハン)〉の大きさを知れ

무지함은 죄 한일합방이라는 한 줄 표현이 불러일으킨 〈恨〉의 깊은 상처 달래야

日本の終戦記念日が光複節(クァンボクチョル)であり解放記念日であり

일본에서는 종전 기념일 날이 한국에서는 광복절이라 하며 독립 기념하는 날

西大門(ソデムン)の刑務所跡をめぐりつつ日本人なるが苦しくなりぬ

서울 서대문 형무소의 흔적을 돌아보면서 일본인이라는 게 괴로워지는구나

理不尽のまかりとおりしそのむかし 光となりし魂があり

말도 안 되게 밀어붙인 결과인 옛날 옛적이 한 줄기 빛이 된 그녀의 넋이 있네

ふるさとの山河愛する心かも独立(トンニプ)へとや駆りたてしもの

정든 고향의 산천을 사랑하는 마음일지도 독립을 향한 마음 솟구치게 하누나

黙ふかく独立記念館出でて近くの店主にいたわられおり

깊은 침묵 속 독립기념관 나와 가까이 있는 가게 주인에게서 마음 위로 받누나

日本の映画見たるを日本語で話してくれしおじさん(アジョシ)の笑顔

일본이 만든 영화 보았던 것을 일본말들로 이야기해 주시는 아저씨 웃는 얼굴

食堂の主(あるじ)に「チャル モゴッスムニダ」と言えば「おそまつさまでした」と

식당 주인께 참 잘 먹었습니다 라고 말하니 식당 주인 말하길 변변찮았을 텐데

バス停に困惑しおれば「大丈夫（ケンチャナ）？」と幼きひとみが顔のぞきこむ

버스 정류장 앞에서 쩔쩔매니 왜 그러세요? 어린애 눈동자가 내 얼굴 살펴보네(내 얼굴 빤히 보네)

手に持ちし冊子の文字に目をとめて中国人かとおさな子は問う

들고 있었던 책자의 문자 보고 빤히 보면서 중국 사람이냐고 물어오는 어린애

漢字文字〈華城〉を指して「화성(ファソン)」と読み上げる子はお話が好き

한자로 쓰인 〈華城〉을 가리키며 화성이라고 읽어내린 아이는 말하는 걸 좋아해

日本人であると告げるに全くのこだわりもたぬ笑みがひろがる

일본인이야 라고, 알려줬는데 표정 하나도 찡그리지 않으며 웃음이 번져간다

「日本(イルボン)のお化け(トケビ)」と言いて差し出したナマハゲのバッジよろこぶ水原(スウォン)の幼女
일본 도깨비라고 말하며 건넨 나마하게의 뱃지보며 웃음 띈 수원의 여자아이

ナマハゲのバッジにキスをくり返し小踊りしたる幼女は笑う
나마하게의 뱃지에 입 맞추기를 계속하며 폴짝폴짝 춤추는 어린애 웃음소리

走りゆくバスの中より「アンニョン」と旅行者われへ振らるる小(ち)さき手

출발하려는 버스 차창 안에서 안녕이라고 여행자 우리에게 작은 손을 흔드네!

冬の旅

겨울 여행

「Teacher?」と問われすかさず「はい(ネー)」と言う入国審査官くすりと笑う

「Teacher?」냐고 물어오길래(물어 오기에) 바로 「네」라고 하니 공항 입국
심사관 싱긋하며 웃는다

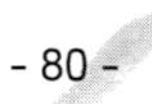

「カワイイ」と言われて「カムサハムニダ」と答える旅の幸先はよし

「가와이이!」라고 말을 건네 주길래「감사합니다」대답하며 여행의 전조가 밝아진다

タワーより見下ろす釜山 オンドルの水のタンクが気になっており

타워로부터 내려 보이는 부산 온돌에 쓰는 물 담아 놓은 탱크 왠지 신경이 쓰여

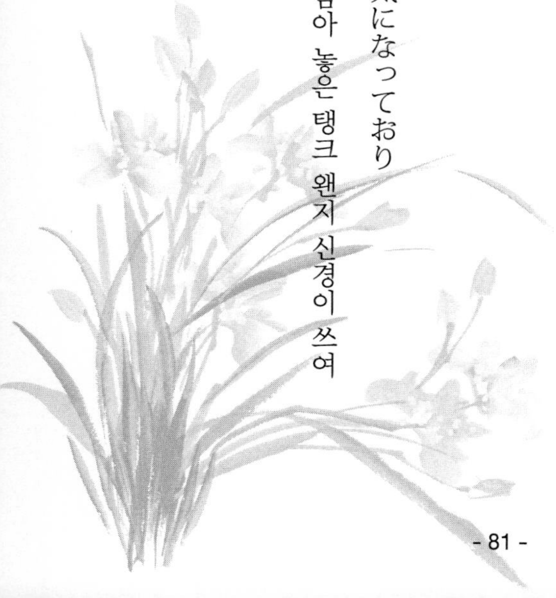

地方には冷たき政治を嘆くこえ他国のことと思えずに聞く

지방에서는 차디찬 정치 얘기 한탄의 소리 다른 나라 사정을 무심코 들어본다

「紙(ヒュジ)、無い(オプソ)」とぶっきらぼうに言いて出るおばさん(アジュンマ)に会う公衆トイレ

「종이가 없어!」라고 퉁명스럽게 말하며 나온 아주머니를 만난 대중 공용화장실

東京でかつて学びし老女（ハルモニ）と電車待つ間を言葉かわしおり

일본 동경서 예전에 공부하신 한 할머님과 전철을 기다리며 이야기 나누었네

韓国語（ハングゴ）で問いたるわれへ日本語で答える会話 東大邱（トンデグ）駅に

한국어 써서 질문하던 우리에(게) 일본어 써서 대답해 주신 회화 동대구역 안에서

老女（ハルモニ）のこたえし行き先「京成（キョンソン）」にソウルの歴史感じていたり

할머님께서 대답하신 목적지 「경성」 단어에 서울만의 역사가 느껴지기도 한다

韓国語（ハングゴ）を覚えて何に使うかと問われしわれは答えに窮す

한국말들을 배워서 무엇 등에 쓸 것이냐고 질문받은 우리는 말문이 막혀버려

鵲（カッチ）とぶ慶州（キョンジュ）の空の日の暮れは「夕やけ小やけ」の風情さながら

까치가 나는 경주의 맑은 하늘 해 질 녘즈음 어스름한 저녁놀 그 풍정이 비슷함

夏の旅

여름 여행

大いなる鋼(はがね)ゆきかう空港につどう誰もが翼をもたず

많은 숫자의 강철빔 엇갈리는 인천 공항에 모여드는 모두는 그런 날개가 없다

空港のラウンジの窓よぎりゆく雲に「もうすぐ追いつくから」と

인천 공항의 라운지의 창밖을 가로지르는 구름에도 한 마디 금방 좇아갈 테니

経済と教育論から話し出すガイドが多い隣国の旅

경제 사정과 교육론으로부터 얘기 꺼내는 가이드분이 많은 이웃 나라의 여행

木槿(ムグンファ)を期待しながらゆくソウル夏の路地には百日紅(ペギルホン)めだつ

무궁화 꽃에 기대감을 가지며 도착한 서울 여름 골목길에는 백일홍만 보이네

漢字語にあれば表記を同じくし百日紅(ペギルホン)というサルスベリかな

한자어로도 있다면 그 표기를 동일하게 해 백일홍이라는 것 사르스베리일걸

「知らせてください（アルリョチュセヨ）」と行き先告げればおおかたのバスの運転士は気にかけてくれる

「알려주세요」 목적지 말해두면 대부분들의 버스 운전 기사분 신경을 써 주신다

聞こえくるおしゃべりもまた韓国語 高速バスにうとうとしつつ

들리어 오는 이야기 소리들도 또한 한국어 고속버스에 앉아 꾸벅꾸벅 졸면서

馬好きの父には一度見せたかった馬耳山（マイサン）という二つ並ぶ山

말 좋아하는 아버님께 꼭 한번 보이고 싶은 마이산이라 하는 두 개가 늘어선 산

細く高く積まれし石が塔をなす塔寺（タプサ）をめぐり塔を見上げる

얇으며 높게 쌓아 놓은 돌들이 탑이 되었네 탑사를 돌아보며 탑을 올려다본다

見上げたるきりぎしに樹木横に生えその上わたる白雲があり

올려다보니 절벽에 자란 나무 옆으로 자라 그 위를 건너가는 하얀 구름이 있네

生ジュース飲みたる店のおばさん(アジュンマ)が笑顔で持たせてくれし氷水(オルムムル)

생과일주스 마실 수 있는 가게 할머님께서 웃음으로 가져다주셨던 찬 얼음물

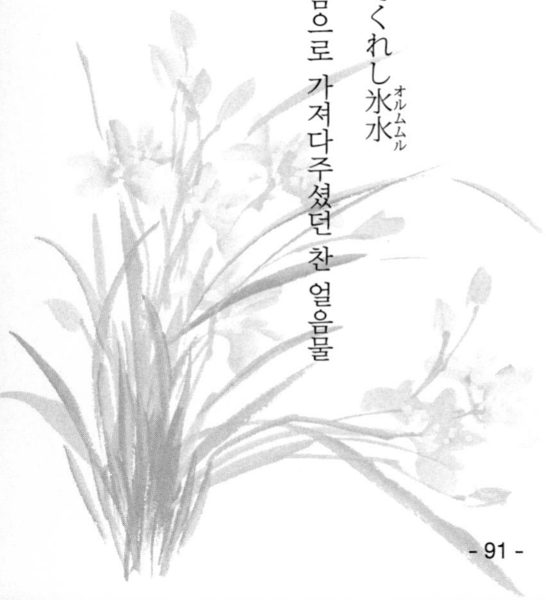

日本語の表示減りたる隣国はこの夏またも遠のきている

일본어로 된 표기 점점 줄어드는 이웃 나라는 올여름도 더욱더 멀어져 가고 있네

日韓を行き来する機の航路図にも独島（トクド）とありて存在誇示す

한국과 일본 오고 가는 비행기 운항 그림에 독도라고 선명히 존재감 과시하네

両親を選べぬように祖国また選べぬわれらに国民たれとや

부모님들을 선택할 수 없듯이 태어난 나라 고를 수 없는 우리 국민들만 있누나

隣国の人にもこころ痛めるがいたると思い、いたるを願う

이웃 나라의 사람들도 마음이 아프겠지만 된다고 생각하며 되기만을 바란다

太陽をつかめ

태양을 잡아

いつまでも余震の続く日本をつかのま脱出せんと乗る船

언제까지나 여진이 계속되는 일본 열도를 잠시 동안만 탈출하려고 타는 배들

太陽をつかめ！沈む日を追いかけて西へにしへと船は進めり

태양을 잡아 저물어 가는 해를 쫓아가면서 서쪽에 서쪽으로 배들은 나아간다

三蔵もコロンブスも目指したる西方にこそ救済ありや

삼장법사도 콜럼버스까지도 목표로 한 곳 그 서쪽이야말로 구제될 수 있던가

「道程」の頭二行を諳んじつつ海ひらきゆく航跡見やる

「도정」이란 책 첫 두 소절의 글귀 암송하면서 바다를 헤쳐 가는 항적을 물끄러미

甲板に分厚き本を携えし西洋人の彫りふかき鬱

갑판 위에서 꽤나 두꺼운 책을 끌어안고서 구라파 사람들의 깊이 새겨진 우울함

ウェーターがマジシャンにもなる船のうえ食事の後のショーは華やぐ

웨이터분들 마술사가 되기도 선상에서의 식사를 끝마친 후 무대 쇼의 화려함

日韓の架け橋という自負もちて働くクルーら生き生きとして

한국 일본의 가교역할이라는 자부심으로 일하시는 첨승원 그 모습 유쾌 쾌활

大海に放り出されしはかなさに船内の湯に身を揺らしおり

망망대해에 던져진 듯한 느낌 그 허무함에 배 안 목욕탕에서 흔들림에 몸 맡겨

両端を巻いたタオルをかぶりたる羊頭（ヤンモリ）巻きを夫は喜ぶ

수건 양 끝을 동글동글 말아서 머리에 얹은 양머리 모양 수건 남편이 기뻐하네

デッキから見える対馬を韓国の人ら대마도（テマド）と親しげに呼ぶ

갑판 위에서 바라보는 쓰시마 한국에서 온 사람들 대마도라(고) 친숙하게 부른다

瀬戸内をすり抜けるように来し船がいつしか迫る朝鮮半島

세토나이해 미끄러지듯이 빠져나온 배 어느 틈에 도착한 한 반도 조선 반도

初めてのものにも感じるなつかしさ異郷なれども故郷のごとし

태어나 처음 물건에도 느껴진 그리운 향수 비록 타국이지만 내 고향 같은 느낌

タクシーの金（キム）運転士の日本語とわれの韓国語（ハングゴ）ともに少しだけ（チョグムマン）

택시 안에서 김 기사님의 서툰 일본어 회화 우리들의 한국어 서로들 다 조금만

日本語で「中にいます」と教えられアイスのカップよりスプーン取り出す

일본어로 「안에 있어요」 라고 알려 주셔서 아이스의 컵에서 숟가락을 꺼낸다

「ある」も「いる」も있다(イッタ)を用いる言語とや今さらながらしみじみ思う

「있다(물건)」 도 「있다(생물)」 도 있다를 사용하는 한국어에서 이제야 와서지만

마음 깊이 동감해

差し上げますか（トゥリルカヨ）と敬う語もてお婆さん（ハルモニ）にサービスさるる海苔まき（キムパプ）の店

더 드릴까요 존댓말을 사용해 한 할머님께 서비스해드렸던 김밥집 가게에서

いずくより乗り込みし蟻か電車内を歩きつつ遠く運ばれている

대체 어디서 올라탄 개미인지 지하철 속을 계속 걸어 다니며 먼 곳으로 옮겨져

われにのみ見られし蟻か乗客のあまたの足をかいくぐり消ゆ

우리 눈에만 보였던 개미인가 다른 승객의 수많은 다리 사이 헤치며 사라지네

物乞いや扇子売りなど現れてドラマのごとき地下鉄車内

굶주린 이들 부채 파는 사람들 나타나서는 드라마 같은 풍경 지하철 차내 모습

節電の国からのわれら乗るバスは広安大橋（クァンアンテギョ）のきらめきを行く

절전의 나라에서의 우리들이 타는 버스는 부산 광안대교의 번쩍번쩍한 길로

イザナギとイザナミのごと夫に会う駅前の噴水左右（さう）にめぐりて

이자나기와 이자나미들처럼 남편과 만날 역 앞에 있는 분수 좌우로 돌아만나

安価なる電子辞書（チョンジャサジョン）もいちおうは値切りてみたり地下商街（チハサンガ）にて

싸긴 하지만 전자사전 살 때도 일단은 먼저 깎아주세요 하는 지하 상가 안의 나

お約束なればおじさん（アジョシ）も心得て「ここまでだよ」と負けてくれたり

약속이에요 하면 아저씨도 이해하면서 「여기까지예요」 라며 값싸게 해주시네

おばさん（アジュンマ）に手招きされてタクシーに相乗りをしており梵魚寺（ポモサ）まで

아주머님께 오라는 손짓 받아 같은 택시에 택시 합승하고서 부산 범어사까지

龍なれど魚くわえし猫に似る絵柄もありぬ梵魚寺（ポモサ）の丹青（タンチョン）

용이긴 한데 생선을 물고 있어 고양이 같은 그림도 있는듯한 범어사 단청 모양

死ぬ前に母を思えと母子像は自殺の名所太宗台（テジョンデ）に建つ

목숨 끊기 전 어머니 생각하라고 모자상 한 개 자살의 명소라는 태종대에 서 있네

半周は徒歩で半周は観光列車다누비（タヌビ）で巡る太宗台（テジョンデ）公園

절반 일정은 도보로 나머지는 관광열차인 다누비로 다녔던 부산 태종대 공원

雨上がるきざし見せたる西の空ゆうやけし雲ながくとどまる

비 그칠듯한 기색이 역력해진 서쪽 하늘에 석양이 물든 구름 길게 뻗어 멈췄네

西の海へしずむ月見てほどなきに東の海より昇る日はあり

서쪽 바다로 저무는 달을 보고 어느새인가 동쪽 바다에 떠오르는 해 있네!

八月のカレンダー

8월의 달력

高層のビルの片がわ朝やけに染めつつはじまるソウルの夜明け

높기만 하던 빌딩의 한구석에 아침노을 빛 물들기 시작하는 서울의 새벽녘들

以前より街に木槿(ムグンファ)ふえしかもナショナリズムを強めいるかも

그 옛날부터 거리의 무궁화꽃 느는 것들도 내셔널리즘을 강화시키려는가

城壁に沿いてつづきし散策路ソウルの歴史思いつつ行く

성벽을 따라 계속 이어져가는 산책 길가를 서울 역사 그리며 정처 없이 걷는다

許可書得て入山したる北岳山(プガクサン)等間隔に衛兵が立つ

허가서 받아 오르게 된 어느 산 북악산 안에 일정한 간격 사이로 초병들이 서 있다

連日の暴炎(ポギョム)報道の韓国に暑さで家畜死にたるニュース

매일 매일의 폭염보도 방송의 한국에서는 더위로 가축들도 죽어간다는 뉴스

浮浪者のひとり「腹ぺこだ（ペゴパ）」と寄りこしが日本人と知り急ぎ離（か）れゆく

부랑자 같은 한 명이 「배고파요」 다가와서는 일본인임을 알고 서둘러 사라진다

カップルや家族連れ居て水に足ひたして憩う夜の清渓川（チョンゲチョン）

연인들하고 가족과 같이 나와 물속에 발을 담그고 쉬고 있는 어느 밤의 청계천

見るのみに市場(シジャン)は過ぎてスーパーとコンビニで価格定まるを買う

둘러보면서 시장은 지나치고 슈퍼마켓과 편의점 들러, 가격 정해진 것만 산다

一日に一本は飲みしバナナ牛乳(ウユ)ついには四個パックで求む

하루 동안에 1개는 마시자던 바나나 우유 결국 4개 포장된 팩 상품 사버렸다

銀行の巨大なビルに気後れし小(ち)さき農協ビルで両替す

은행 건물이 너무나 거대해서 기죽는 느낌 자그마한 건물의 농협에서 환전함

夕ぐれの遊覧船にて漢江(ハンガン)の昼夜ふたつの景を楽しむ

저녁 노을쯤 유람선을 타고서 흐르는 한강 낮과 밤의 두 가지 풍경을 만끽한다

異国にて出合う満月かくべつに漢江(ハンガン)の橋の上なる空に

이국땅에서 만나게 된 보름달 신기하게도 한강 다리 바로 위 하늘에 걸려 있다

「二千ウォン(イチョノン)！」と簡明に答えし老婆よりゆでとうもろこし三本を買う

「이천 원！」하며 짧막이 대답하신 할머니에게 잘 삶아진 옥수수 3개를 사들었다

儒城（ユソン）にて乗りしタクシーの老技士（ギサ）は国民学校に通いしを言う

한국 유성서 잡아탔던 택시의 운전 기사분 국민학교에 다닌 이야기를 펼친다

浦島の歌と二宮金次郎知っていたるをやや得意げに

우라시마의 노래와 니노미야 긴지로를 아신다는 내용을 약간은 뽐내듯이

戦後なる六十余年の歳月を蹴散らしている教育の力

해방이 되고 육십여 년이 넘는 오랜 세월 산산이 뿌려버린 교육이라는 저력

言葉もて支配強めし過去があり母語を失うかなしみ思う

언어까지도 지배를 강화했던 과거가 있어 모국어를 잃게 된 슬픔을 생각한다

「結構です(テッソヨ)」と言えば「おつりはわがもの」と歌うようなる老運転手

「됐어요」라고 전했더니 「잔돈은 내 거」라 하며 노래하듯 말하던 연배의 운전기사

日本のどこからか問われ答えれば秋田美人を知る人がいる

일본 어디서 왔느냐는 질문에 대답드리면 아키타 미인 표현 아는 사람 꼭 있다

「少しだけ(チョグムマン)」と言いつつ話す韓国語(ハングゴ)に公州(コンジュ)の人は笑まいてくれぬ

「조금만요」를 연호하며 말하는 한국어에도 공주 상인 분께선 웃고 계시기만 해

炎天下の公山城(コンサンソン)をめぐりつつ錦江(クムガン)よりの風に癒さるる

뜨거운 날씨 속에서 공산성을 둘러보면서 금강 쪽에서 부는 바람에 힐링 된다

おばさん（アジュンマ）が「荷物見てて」と言い残しベンチ離れる扶余（プヨ）のバスターミナル

어느 아줌마 「물건 좀 봐줘」 하며 짧게 남기고 벤치를 멀리하는 부여의 버스 터미널

満面の笑みもてもどるアジュンマに感謝されつつバスに乗り込む

만면 얼굴에 웃음기 띠며 오신 아줌마께서 고맙다고 하시며 버스에 몸 싣는다

交番へ飛び込みし吾（あ）が地図広げ警官へ問う「ここ、（ヨギ）どこですか（オディエヨ）」と

파출소 안에 뛰어 들어간 우리 지도를 펼쳐 경찰관에 묻는다 「여기가 어디예요?」

警官の指さす方をともに見て博物館（パンムルガン）への道確かめる

경찰관분이 가르키는 쪽으로 쳐다보면서 박물관으로 가는 길을 확인해 본다

文化財散佚に深くかかわりし日本人の記事うつむきて読む

한국 문화재 소실문제에 깊이 관여해 오신 일본 사람의 기사 고개 숙여 읽는다

その地にて最も輝き放つべし歴史負いたる文化財とは

그 지역에서 가장 빛이 나면서 빛을 낼 만한 역사를 짊어지는 문화재는 무얼까

十五日が祝日である八月のカレンダーかかるバスの車内に

8월 대보름 경축일로 지정된 8월의 달력 버스에 걸려있는 그 안에 내가 있다

小さきといえども二国ゆるがして独島(トクド)・竹島報道しきり

비록 작다고 하더라도 두 나라 흔들고 있는 독도와 다케시마 보도 일색인 요즘

巻末歌

권말가

隣国は寄せては返す波のごと近づきしのちまた遠ざかる

이웃 나라는 다가오다 떠나는 파도들처럼 가까이 왔다가는 또 멀어지는구나

推薦の辞

맹자(孟子)는 군자의 즐거움 세 가지를 말하면서, 그것은 온 세상의 왕(王)이라도 미치지 못할 것이라고 했다. 첫째는 가족이 무탈한 것이고 둘째는 하늘을 우러러 땅을 굽어 부끄러움이 없는 것이고, 셋째는 영재(英才)를 얻어 가르치는 것이라 했다. 첫째와 둘째의 즐거움은 말할 것도 없겠지만, 연구자이자 한국어교육자인 필자로서는 모두 격하게 공감하는 바다.

누군가의 소소하면서도 내밀하지만 그래서 더 소중한 감정이 담긴 글을 읽고, 가타부타 말하기는 쉽지 않다. 그래서 글은 형식적이고 건조해지기 일쑤다. 일삼아 써야 된다는 생각이 어깨를 짓누르게 된다. 더욱이 추천의 말을 함에랴.

추천사를 쓰기 위해 보내주신 원고를 한땀 한땀 읽어갔다. 시나브로 작가의 일상의 섬세한 감정에 동화되어 갔다. 심지어는 「단가(短歌)」 라는 문학 갈래의 특징과 기원에 대한 궁

금증까지 생겨났다. 단가에 대한 설핏한 지식과 기억이 필자를 사로잡았다. 그리고 아직도 일본인들의 많은 사랑을 받는 단가에 빠져들었다. 실은 단가를 쓴 작가의 마음에 빠져들었는지도 모른다. 한국어를 배우면서 느낀 감정을 시로 표현한 이색적이면서도 매력적인 작품 세계에 말이다.

이 책의 저자인 가토 다카에 씨는 단가를 사랑하는 사람이면서 한국어 학습자이다. 작가는 퇴임 후 한국어 강좌를 들으면서, 한글이라는 문자, 한국어, 한국 문화 등에 대해 매력을 느끼게 되었고, 그래서 이러한 소재들과 섬세한 감정에 올올이 짜서 단가를 지었다. 그러다 보니 한 편 한 편에 한국어를 배워가는 그의 내밀한 여정이 고스란히 드러났다. 처음 배울 때의 어린아이 같은 호기심과 설렘, 배워서 직접 써 보는 데서 오는 성취감, 한일 두 문화의 공통점과 차이점을 발견하는 데서 오는 흥미로움 등이 고스란히 담겨 있다.

물론 여기에는 최장원 교수의 정성스런 번역도 한몫을 했다. 단가는 일본어 특유의 리듬을 살린 운문이라 번역이 쉽지 않다. 하지만 번역자는 원작을 축자(逐字) 번역하기보다 읽는 이들이 단가를 읽는 즐거움을 느낄 수 있도록 했다. 단가가 한국어로 어떻게 번역되는지와 함께 한국어를 배우는 작가의 섬세한 감성을 느낄 수 있도록 했다.

그런 점에서 이 책의 번역은 그 목적을 충분하고도 훌륭하게 달성하였다. 이 책은 한국어 학습에 흥미를 가진 이에게 기존의 교재와 다른 재미있고 유익한 교재가 될 것이다. 더불어 필자와 같은 한국어교육자에게 한국어교육을 통한 즐거움을 간접적으로나마 체험할 수 있게 하는 따뜻한 책이 될 것이다.

(상지대 장 향실 교수)

行間を読む。このいかにも日本人らしい行いは「対面でなければ難しい」と断言する人もいる。だが、『ハングルの森』に掲載されている短歌を読むと「果たしてそうだろうか」と思う。外国語を学び実際に使う喜び、異国の人々との交流を通じて考えたこと、似て非なるものに接したときの驚きやとまどい――。言葉では表現しにくいこうした気持ちをすぐに理解してもらうには、わずかな文字数で作者の視点を体験できる短歌ほど便利な手段はないと痛感するのだ。

学んでいるのが韓国語であればなおさらである。日韓の関係は他の国よりも深い。長らく「近くて遠い国」と呼ばれてきた両国に住む人々は、簡単に言い表せない感情をたくさん持っている。韓国語を勉強する日本人が作った短歌をまとめた本書は、そのような感情が読む側にしっかり伝わってくる作品ばかりで大変興味深い。となると、次は日本語を学ぶ韓国人の短歌をまとめた続編を希望したいところだが、少し気が早いだろうか。

（まつもとたくお、音楽ライター）

소박한 일상이 빛나는 순간들, 기억의 공유

일을 냈다. 아니 일을 만들었다. 이렇게 어려운 일을 일부러 꾸려낸 것 자체가 어쩌면 무모한 시도고 쓸데없는 도전이다. 하지만 사람 사는 게 과거가 아니라 과정이듯「일본어 단가집」의 한국어 번역 출판은 그 중요한 여정의 결과다.

일본 사람들조차 서로「혼네(속내)」와「다테마에(행동)」을 구분하기 힘들다고 하는데 그래서 그런지 은유적인 표현이나 비꼬는 말투를 듣기 힘들다. 우리말로는 몇 마디 하면 될 것을 길게 부연하거나 돌려 표현하다 보니 자연 말이 길어진다. 대신 와카(和歌)와 하이쿠(俳句), 그리고 센류(川柳)처럼 짧은 시(단가)의 전통이 오래되었고 지금도 전국 방방곡곡에 동호회들이 활발하게 활동 중이고 매달 전문 잡지도 쏟아지고 있다.

길게 늘어놓거나 풀어놓는 게 아닌 짧게 그 순간을 담아내고 비유하는 묘미는 각별하다. 마치 벚꽃이 활짝 피고 후두둑 지는 순간을 만끽하는 일본문화처럼 그 찰나(刹那)를 잘 담아

낸다. 이때 일본어 표현은 빛이 나고「공감」을 불러일으킨다.

여행을 떠나 낯선 땅에서 익숙하지 않은 것과의 만날 때 늘 불안과 설렘이 공존한다. 노래와 영화, 드라마 등으로 먼저 귀에 익숙해진 여러 한국말을「글씨」로 만났을 때 일본어 학습자들도 비슷한 경험을 했을 것이다. 두려움과 기대, 걱정과 흥분 등 여러 감정들이 섞여「비빔밥」처럼 입맛을 돋우지만「치라시스시」처럼 먹어서는 제맛이 날 수 없다.

한국어를 배우시는 분이 직접 쓴 일본어 단가와 번역을 읽으면서 문득 그런 생각이 든다. 수업에서 이(異)문화는 차이가 아니라 다름이라고 가르치지만 우리말이 이렇게 느껴질 수 있고 받아들여진다는 점을 새롭게 알았다. 매우 색다른 재미를 선물한다. 또한 앞서 말한 설렘, 흥분, 기대 등이 고스란히 전해지고 마치 글을 쓰고 있는 모습을 옆에서 지켜보는 듯한 흐뭇함도 덤으로 얻었다.

한 마디로 말해 한글과 만나 한국어를 배우고 한국어 표현들을 익히는 순간들, 그 평범한 일상이 반짝반짝 빛나는 보석상자다. 추억은 과거지만 기억은 현재로 이분들이 또박또박

써내려간 시로 우리는 그「기억」을 공유한다. 우리말을 쓰는 한국인과 우리말을 배우는 일본인이 그「기억」을 나눠갖는 것이다.

그 무모한 시도와 도전이 결실을 맺는 순간, 그 여정의 끝은 바로 올곧은「공유」일 것이다.

（李 泰文、デジタルハリウッド大学客員教授、慶應義塾大学講義中）

나는 외국어 배우는 것을 좋아한다. 외국어를 배우면서 새로운 단어, 새로운 표현을 알게 되고, 그 언어를 품고 있는 문화를 알게 되는 것이 좋다. 외국어는 공부해서 익히는 것이지만 문화는 어느새 스며드는 것 같다는 생각을 많이 했다. 언어에 담겨 있는 문화를 느껴보기도 하고, 그 문화를 담고 있는 사회에 들어가 이것저것 체험해 보기도 하면서 말이다.
여기 시를 쓰신 분도 한국어의 천막 귀퉁이를 열고 들어와 새로운 세상을, 새로운 문화를 만나신 듯하다. 「하늘」, 「안녕」, 「알았어」, 「나도」 같은 단어들을 배우고, 한국에 와서 지하철이나 택시를 타고, 찜질방에서 양머리 모양 수건을 쓰고, 바나나 우유를 네 개나 사 먹고, 여러 도시들을 돌아다니면서. 이렇게 한국어를 배우고 한국 문화를 경험하면서 느낀 재미나 설렘이 시 속에 근사하게 표현되어 있다. 한글 말 숲속에 들어가서 아야어여로 서 있는 나무 같은 문자를 찾는다니 정말 기발한 은유다.

한국어를 배우는 순수한 열정과 예쁜 마음들이 시 속에 담겨 있어서일까? 시를 읽으면서 나도 모르게 입꼬리가 자꾸 올라가고 마음의 온도도 같이 올라갔다. 따뜻해졌다.

(상지대 김금숙 교수)

ここに収められている作品を1つ1つ拝見していると、かつて韓国語を学んでいた頃の自分自身を懐かしく思い出します。語彙が少しずつ増えていく喜び、目に入るものや頭に浮かぶ言葉を韓国語にしてみることの楽しさ、韓国語で思わず返事をしてしまう自分。私の母も、電話をかけるといまだに「ヨボセヨ」と言います。言語を学ぶことが、自分だけではなく周りの人の世界も広げることを知りました。この詩集を拝見して、私も、久しぶりにまた韓国語を勉強したくなりました。함께 열공합시다!!

（松岡知津子、三重大学 教授）

안녕하세요。どの作品も楽しく鑑賞させていただきました。いくつか印象に残った歌をご紹介します。

言い方が母(オモニ)と袋(チュモニ)は似ておれば「お袋」ということば気になる

春というひびきかくるるお婆さん(ハルモニ)といつかだれかに呼ばるるもよし

普段何気なく使っている母語が急に立体的に見えてきたり、ものの見方や受け取り方が変わったりすることは言語学習の楽しみの一つですよね。また、次の句はクスッと笑え、韓国語を習い始めた学習者の気持ちをよく捉えていると思いました。

「바퀴벌레(パクィボルレ)！」と叫んでみるのも悪くなしゴキブリ(パクィボルレ)に遭う日たのしみとなる

秋は가을(カウル)冬は겨울(キョウル)と少しずつ厚み増しゆくわれの身めぐり

そして、韓国での旅先での様子が歌われた歌も、韓国の情景が浮かび心に沁みました。

東京でかつて学びし老女(ハルモニ)と電車待つ間を言葉かわしおり

おばさん(アジュンマ)に手招きされてタクシーに相乗りをしており梵魚寺(ポモサ)まで

大学時代、釜山で混み合うバスに乗った際、近くに座っていた知らないおばあちゃんにカバンを奪い取られてびっくりした経験があります。後で聞くと、席は譲れないけど、せめてカバンだけは、と持ってくれたそう。韓国ならではの人と人の距離の近さと優しさを感じました。

最後に、異国の地でこんなローカルなやりとりがあると嬉しくなりますね。

日本のどこからか問われ答えれば秋田美人を知る人がいる

いつか韓国の方に「어디서 왔습니까?」と問うてみてローカルトークに花を咲かせられる日が訪れますよう、これからのみなさんの韓国語学習を応援しております。

（小口悠紀子、広島大学大学院人間社会科学研究科、日本語教育）

訳者あとがき

偶然でも自分が選んだ本でも、その内容がじわじわと染み込んでくるような体験をさせてくれる本はそんなに多くはない。『ハングルの森』は面白かった。２０代後半、「言語学」という学問から消滅危機言語の研究分野があることを知った。いつのまにか言語学の勉強に向かっている当時の自分をこの一冊が思い出させてくれた。当時も面白かった。著者の加藤隆枝さんが韓国語を学ぶ時、出合ったいろいろな場面や疑問、その時の感じ、経験などの瞬間を5・7・5・7・7という短歌の韻律に合わせた歌の形で書き留めていたのが私には新鮮だった。その短歌の韓国語部分の校正を手伝うときに初めてこの内容を拝見し、何度も読み返し、一句一句を吟味するようになった。韓国語学習者に写された韓国・韓国語の様子そのものを他の韓国語学習者、あるいは韓国語教員とも共有したいと思った。

両端を巻いたタオルをかぶりたる羊頭(ヤンモリ)巻きを夫は喜ぶ

수건 양 끝을・동글 동글 말아서・머리에 얹은・양머리 모양 수건・남편이 기뻐하네

ご夫婦二人での旅行の様子も実際に見ているかのように、頭の中に思い描かれ、自然と和やかな気持ちにもなった。

この韓国語の翻訳版を出すに際して、一文字、一句、韻律、文字数などなど韓国語での表現を選ぶこと自体も慎重に進めた。とても難しかったが楽しい時間だった。韓国語版にも日本の短歌が持つ5・7・5・7・7調の31音で構成される特徴をできる限り活かそうとした。失敗をしたところも多々ある。多くの時間を費やして修正を重ね、著者の意図をそのまま翻訳することに専念したが、まだまだ不安な気持ちでいっぱいである。

最近、韓流というとＫ－ＰＯＰ，Ｋ－ＤＲＡＭＡ，Ｋ－Ｂｅａｕｔｙが日本での主流であろう。その中で短歌から感じた面白さが「韓国語学習者」の誰かに伝わり、その楽しみを感じてもらえたら幸いである。

最後に、『ハングルの森（한글의 숲）』の韓国語版の出版に先立ち、書評、ご感想を寄せてくださった尚志大学張香實先生、尚志大学金今淑先生、デジタルハリウッド大学と慶應義塾大学の李泰文先生、三重大学の松岡知津子先生、広島大学の小口悠紀子先生、音楽ライターのまつもとたくお様には、この紙面をお借りして心より御礼申し上げます。

2024年1月30日

訳者紹介

訳者：崔壯源
東京外国語大学言語情報コース日本課程卒業（言語学学士）
東京外国語大学総合国際学研究科言語文化コース博士前期コース卒業（言語学修士）
（韓国）高麗大学人文大学院博士後期課程修了
広島大学大学院教育学研究科博士後期課程卒業（教育学博士）
（現）国際教養大学

한글의 숲

ハングルの森 韓国語訳版

初版発行 2024年 5月31日

著　者 加藤隆枝

訳　者 崔壯源

発行人 中嶋啓太

発行所 博英社
〒 370-0006 群馬県 高崎市 問屋町 4-5-9 SKYMAX-WEST
TEL 027-381-8453 / FAX 027-381-8457
E · MAIL hakueisha@hakueishabook.com
HOMEPAGE www.hakueishabook.com

ISBN 978-4-910132-74-7

この本は「六花書林」の「ハングルの森」（著者：加藤隆枝）が原書です。